ゆうやけトンボジェット

吉野万理子　村上幸織 絵

くもん出版

「ジェット、そろそろ　しゅっぱつの　時間よ」

お姉さんが　まいおりてきました。これから　みんなで　長い　たびに　出るんです。

「ぼく、行きたくないなぁ。ずっと　ジェット機を　見ていたいのに」

このトンボは、いつも　空港の　そばに　います。フェンスの　上で、毎日　ひこうきを　見ているんです。それで、お兄さんに　「ひこうき」という　あだ名を　つけられました。でも　トンボは、お兄さんに「ジェット」と　よんでほしい、と　たのみました。

ひこうきの　うち、エンジンを　つかって　とぶ　ものを　「ジェット機」と　よぶのですよ。かっこいい　ひびきの　ことばだと　トンボは　思ったんです。

それで　今では　お姉さんにも
友だちからも　「ジェット」と
よばれるように　なったのでした。

ジェットは、空港を　見つめました。ちょうど　ジェット機が　ちゃくりくした　ところです。

ドアが　あいて、人が　ならんで　おりてきました。どの人も　みんな　にこにこしています。

ジェット機は、トンボに　形が　にていて、トンボの　おやぶんみたいです。

いつまでだって　見ていたいのに。

「たびから　帰ってきたら　また　見られるぞ。さあ、とびたとう」

せかしたのは　お兄さん。しかたなく　ジェットは　とびあがりました。

空には　たくさんの　なかまたちが　とびまわっています。

みんな　アキアカネです。秋に　なると　体が　まっかに　なります
が、今は　まだ　黄色でした。
下には　だだっ広い　田んぼが　見えます。おさない　ころを　すご
した　場所でした。そばには　池も　あります。そのむこうが　空港で
す。細長い　かっそうろが　二本。ジェット機は、一日に　七回くらい
ちゃくりくします。
「バイバイ、またね」
ジェットは、とまっている　ジェット機に　はねを　ふりました。そ
れから　空港とは　ぎゃくの　方向に　とびはじめます。

はるか　遠くに　大きな　山が　見えます。そこまで　行くのです。

夏が　はじまると　とっても　あつくなります。だから　秋が　来るまで　すずしい　ところで　すごすんです。

せの　高い　木木が　ふえていきます。

「気を　つけろ！」

前を　とんでいた　トンボから　でんごんが　聞こえて、ジェットはきんちょうしました。

トンビが　上空を　ぐるんぐるんと　せん回しています。

あっというまに　まいおりてきました！

あっ、なかまが　ひとり、やられてしまった……。

ジェットは　お兄さんたちを　おいかけ、ひっしで　とびつづけました。

ようやく　つきました。

木木が　しげっている　山の　まんなか。川の　水が　岩に　ぶつかりながら　ながれていきます。

いっしょに　とんできた　なかまは　何百も　います。みんな　おしゃべりに　むちゅうです。

ジェットは　にぎやかな　木立を　そっと　はなれました。

つまんない。ジェット機を　見られないなんて。そう　思いました。

木の　えだに　とまって　空を　見あげてみたけれど、ただただ　青空が　広がるばかり。ジェット機は　とんでいません。

「やあ、ひまそうだね」

だれかが　話しかけてきました。となりの　えだを　見ると　テントウムシが　います。

「おれ　ひまなんだ。なにか　おもしろい　話　してくれない？　ひとりぼっちで　つまらないんだ」

「ほかの　なかまは？」

ジェットが　きくと、テントウムシは　しょっかくを　左右に　ふりました。

「死んじゃった　なかまが　半分。あとの　半分は　休みんしてるよ」

「休みん？」

「夏の　あつい　あいだ　ずっと
ねむって　すごすんだ。でも、おれは
ねむるのが　もったいなくて　がんばって
おきてる。今は　つまんないけど　なにか
おもしろいことが　あるかも　しれないからさ」

「じゃあ、ぼくが　おもしろいと　思う　ものの　話を　しようか？」

「うん！」

　ジェットは、ジェット機のことを　話しはじめました。見たこと　ない　あいてに　せつめいするのって　むずかしいですね。ジェット機の　大きさを　つたえるには　どうしたら　いいんでしょう。

　ジェットは　目の　前に　ある　でっかい　木を　前あしで　さしました。

「これより　もっと　でかいんだ。それが　たくさんの　にんげんを　はこぶんだよ」

　すると、ねむそうだった　テントウムシの　目が　ぱっちり　ひらきました。

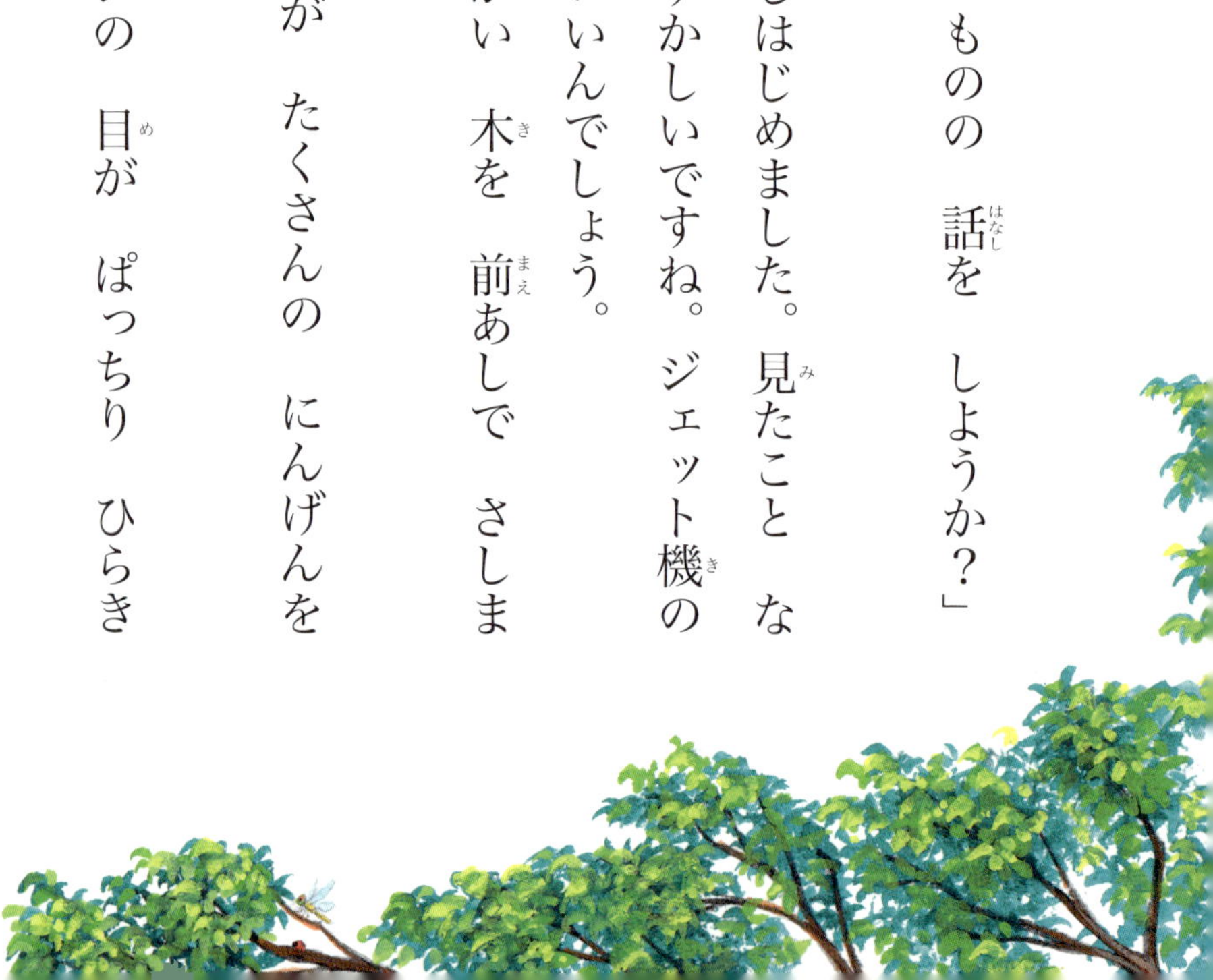

「すごいな！　にんげんなら　この山の　ふもとにも
いるよ。その　にんげんを　たくさん　のせるなんて、
ジェット機が　どんなに　でかいか　わかるよ」

テントウムシは　うっとりしながら　つづけます。

「高い　ところを　とぶって　けしきが　いいんだろうなぁ。テントウムシにも　はねは　あるけど、あんまり高く　遠く　とぶのは　むいてないんだ」

ジェットは　テントウムシの　せなかを　見ました。かたい　カラのように　なっていて、うちがわに　小さい　はねが　かくされています。トンボほど　とぶのがとくいでは　ないようです。

「よかったら　ぼくの　せなかに　のってみる？」

ジェットは　そう　ききました。

「ええーっ、いいのかい？」

「うん。きみ　ひとりくらい　かるがる
のせちゃうよ」
「ありがとーっ」

ジェットは　テントウムシを
のせて　まいあがりました。

高い　こずえの　さらに　上。
「うわー！」
テントウムシが　せなかで　さけんでいます。
ジェットは　山の　てっぺんまで　かるがると　とんで、
また　もとの　木の　えだまで　もどって　きました。

テントウムシの　目は　きらきらしています。

「さいこうだね！　ありがとう。とびかたも　じょうずだから　おちるしんぱいも　なかった。きみ、ほんものの　ジェット機みたいだね」

それを　聞いた　しゅんかん、ジェットは　ひらめきました。

そうだ！

ジェット機を　見て　あこがれてるだけじゃなくて　自分が　ジェット機に　なったら　どうだろう？

ぼくに　のりたいという　お客さんを　のせて、行きたい　ところまで　はこんであげるんだ。

「テントウムシくん、よかったら　おてつだい　してもらえないかな」

ジェット機には　キャビンアテンダントという　人が　いることを、

ジェットは　知っていたのでした。　お客さんの　のりおりを　てつだったり、機内で　サービスしたりするんです。

「いいよ！　おもしろそう。やっぱり　休みんしなくて
よかったなぁ」

テントウムシは　ごきげんでした。

さあ、お客さんを　ぼしゅうしなくては。
ふたりは、じめんに　おちていた　かれ葉を　いくつも　ひろって、せんでんもんくを　書きました。そして、ジェットが　空を　とび、テントウムシが　かれ葉を　ばらまきました。

トンボジェットに　のりませんか？
あなたの　行きたい　ところ、おつれします。
空の　たびを　たのしみましょう！

「空を　とべない　虫って　いがいと　多いから　たくさん　おねがいが　来るかもね」

テントウムシが　いったので　ジェットは　うなずきました。

「そうだ！　アリも　ナナフシも　バッタの　ようちゅうも　チョウの　ようちゅうも　みんな　とべないもんね」

しかし　だれも　たのみに　来ません。なぜなんでしょう。

すると　ある日、虫たちの　ひそひそ　話す　声が　聞こえてきました。

「トンボジェット、だれか　もうしこんだ？」

「いやだ、もうしこむ　わけ　ないじゃない」

「空の　たびに　つれてくなんて　うそよ。だまされちゃ　だめ」

「そうそう！　だって、トンボも　テントウムシも、虫を　食べる　生きものでしょ？」

「そうだよ。ぜったい　ワナだ。のせる　ふりして、食べちゃうに　ちがいない」

「こわい　こわい」

ジェットと　テントウムシは　とほうに　くれました。

たしかに　トンボも　テントウムシも、虫を　食べる　生きものなのでした。アキアカネは　ハエや　カを　よく　食べます。テントウムシは　アブラムシが　すきです。

ただ、どんな　虫も　食べたい　わけじゃありません。げんに、アキアカネと　テントウムシは　おたがい　食べたいと　思わない　わけですからね。

でも、ほかの　虫たちは　そんな　こまかいことはわかりません。トンボも　テントウムシもこわい、という　イメージが　広がりすぎているみたいです。

ジェットは　なきそうに　なりながら　いいました。

「ぼくは　もう　虫は　一生　食べないよ。これからは　土を　食べる」

夕方、ジェットは　トンボの　なかまたちの　もとに　帰りました。

お兄さんも　お姉さんも　昼間に　たっぷり　虫を　食べて、おなかいっぱいみたいです。

ジェットは、おなかが　すいて、ねる　前に　じめんをつついて　土を　食べてみました。

「うぇえ、まずーい」

けほけほ　はきだしていたら、お姉さんに　あきれられました。

「ジェット、なに　やってるの？」

つぎの　日、ジェットが　そのことを　テントウムシに　話すと、
テントウムシも　いいました。
「じつは　おれも　きのう　石ころを　食べようと　思ったんだけど、
かたすぎて、かめなかったよ」
やっぱり、虫を　一生　食べない、というのは　むりみたいです。
テントウムシは　やけっぱちに　なって　アブラムシを　つかまえて
は　食べています。
ジェットも　おなかが　ぺこぺこに　なったので、カを　つかまえて
食べました。
「ほら、やっぱり　虫を　食べてる……」
遠くから　また　ひそひそ声が　聞こえてきました。

ふたりで　葉っぱに　とまって　うつむいていたときでした。
「トンボジェットさんって　あなたがたの　こと？」
だれかが　話しかけてきました。
え？　だれ？
ジェットが　きょろきょろ　見まわすと、小さな　植物が　いいました。
「わたし、キツネノボタンと　いいます」
黄色い　小さな　花を　さかせている　草でした。とげとげの　緑の　タネも　なっています。
「はい、ぼくらが　トンボジェットです。遠くまで　のりたい　お客さんを　さがしています」

そう　ジェットが　いうと、
キツネノボタンは　思いがけない
ことを　いいだしました。

「よかったら、わたしたちの　タネを　遠くまで　はこんでもらえない？」

「ええっ？　タネを？」

「ええ、キツネノボタンの　タネは、トゲトゲしてるでしょう？　動物の　毛に　ひっかけて、遠くまで　行けるの」

「へえ」

「でも、トンボジェットに　のせてもらったら　もっと　遠くまで　行けるでしょ？」

「そりゃ　そうだよ！」

テントウムシが　大きく　うなずきます。

「よかったら、今からでも　はこぶよ」

ジェットは　キツネノボタンの
そばに　近づきました。

「わたしたちの　タネを　引っぱって　とってくれる？」
「いいよ」
「ただ、葉っぱや　くきを　切ると　しるには　どくが
あるの。気を　つけてね」
「えっ」
どくと　聞いて、ジェットは　いっしゅん　とまどいました。
でも、やめようとは　思いませんでした。だって、せっかく
「のりたい」って　いってくれてるんだもの。しるが　つかな
いように　すれば　いいんです。
ひっつきむしと　よばれる　タネなので、かぎてが　ありま
す。それを　引っぱって　とるだけなら、しるは　つきません。

よし！　うまく　とれました。
テントウムシが、ジェットの
せなかに、手すりを
作ってくれました。かれた
ツルを　つかってるんです。
そこに、タネの　かぎてを
ひっかけていきます。
ぜんぶで　六この　タネが
ならびました。

テントウムシも、せなかに のりこみました。

「それじゃ、行ってきます！」

そう ジェットが いうと、キツネノボタンは
大きく 葉っぱと 花を ゆらしました。

「行ってらっしゃい！ みんな 元気で！」

タネが いっせいに さけびます。

「行ってきまーすっ」

ジェットが りりくしました！

「うわあ！　空が　近いよ！」

「じめんが　遠く　見える！」

タネたちは、大よろこび。ジェットは　小川の
上を　通って、大きな　木の　あいだを　ぬけて　いきました。
そして、となりの　山の　まんなかへんまで
行って　ちゃくりくしました。

「このあたりで　どうかな」

「すてき！」

「このへんには　キツネノボタンは　いないみたい。
いない　ところで　そだちたいって　思ってたの！」

テントウムシが、タネを　一こ一こ　とって、

草むらに　おきました。
「ありがとう！　ここで　がんばって　大きく　せいちょうします」
タネたちに　おれいを　いわれました。
トンボジェット、はじめての　おしごと、大せいこう。
ジェットは　テントウムシを　のせて、
もとの　場所へ　ほうこくに　行きました。

キツネノボタンは　とっても　よろこんでくれました。
「やくに　立てたんだねえ」
テントウムシに　いわれて、ジェットは　うなずきました。
「あこがれの　ジェット機に　なれたよ」
ふたりで　話していると　今度は　ヌスビトハギに　声を　かけられました。
「わたしたちの　タネも　遠くに　はこんでくれないかしら？」
「わ、また　たのまれた！　もちろんですよ」
遠くに　たびを　したい　草って　多いらしいのです。ほかの　草にも「九月に　なったら　タネが　できるから　おねがいね！」と　今から　よやくが　入りました。

「いそがしくて　いそがしくて　こまっちゃうなぁ」
ジェットと　テントウムシは
顔を　見あわせて　わらいました。

夏が　おわり　秋が　来ました。トン
ボジェットは、毎日　タネを　はこんで
います。黄色だった　ジェットの　体は
すっかり　まっかに　なりました。
空を　とんでいると、知り合いに
なった　草たちが　声を　かけてきます。
「あっ、トンボジェットさーん！」

「こんにちはっ」
森は　友だちで
いっぱいです。

タネを　となりの
山に　はこんで　ぶじに
帰ってきて　小川の　ほとりで
ひと休みしているときでした。

「おーい、ジェット、ここに　いたのか」

とんできたのは　お兄さんでした。

「おまえ、あちこち　あそびまわってて、聞いてないだろう。

あした、しゅっぱつするぞ」

「え、しゅっぱつ？」

「いよいよ　ときが　来た。山を　おりて、
ふるさとへ　帰るんだ。あの　田んぼへ」

ジェットは　答えました。

「ぼくは、行けないよ」

「なんだって？」

「たくさんの　草と　やくそくしてるんだ。あとから

ひとりで　おいかけるよ」

「それは　きけんだ。なかまと　いっしょに　とぶほうが　あんぜんに　たびが　できる」

「でも……」

「もどれば、また　空港に　行って　おまえの　すきな　ジェット機を　見ることが　できるんだぞ」

　そうだ。大すきだった　ジェット機。

　でも　今は、自分も　トンボジェットの　しごとを　しているんだ！

「ぼくは　のこるよ」
ジェットが　そう　いうと　お兄さんは　がっかりした　顔で　とんでいってしまいました。
つぎの　日、トンボたちは　青空に　まいあがりました。ジェットはそれを　見おくりました。
「ほんとに　いいのかい？」
テントウムシが　きいてきます。
「もちろんだよ。さあ、しごと、しごと」
トンボジェットは　また　タネを　はこびはじめたのでした。

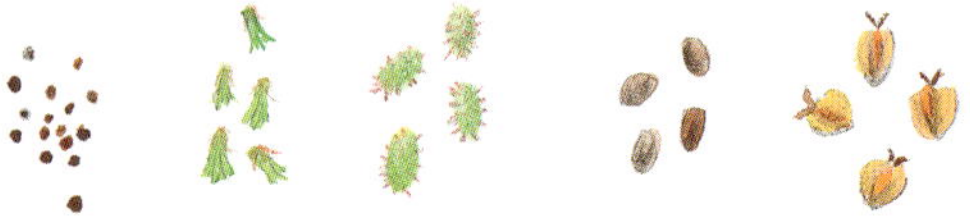

秋が　ふかくなりました。

いったい　何回　となりの　山へ　行ったことでしょう。風が　つよい　日は、タネが　とばないように　ひくい　ところを　とびました。雨が　きゅうに　ふりだした　日は、大きな　フキの　葉の　下で　雨やどりしました。

がんばった　おかげで、たのまれた　タネは、すべて　はこびおわったのです。

友だちに　なった　草花の　なかには、いのちが　つきて、かれてしまった　ものも　ありました。

山の　空気は　ひんやりしています。ジェットは　木の　えだに　とまって、手を　こすりあわせながら、テントウムシに　話しかけました。

「つぎは　なにを　はこぼうか」

すると、テントウムシは　首を　よこに　ふったのでした。

「もう、キャビンアテンダントは　やめようと　思う」

「え？」

「すっかり　年を　とってしまってね。ジェットの　上で　お客さんをまもる　しごとは　体力が　ひつようなんだ」

毎日　いそがしく　すごしていたので　ジェットは　気づきませんでした。テントウムシは、手足が　こわばって、歩くのも　前より　おそくなっていました。

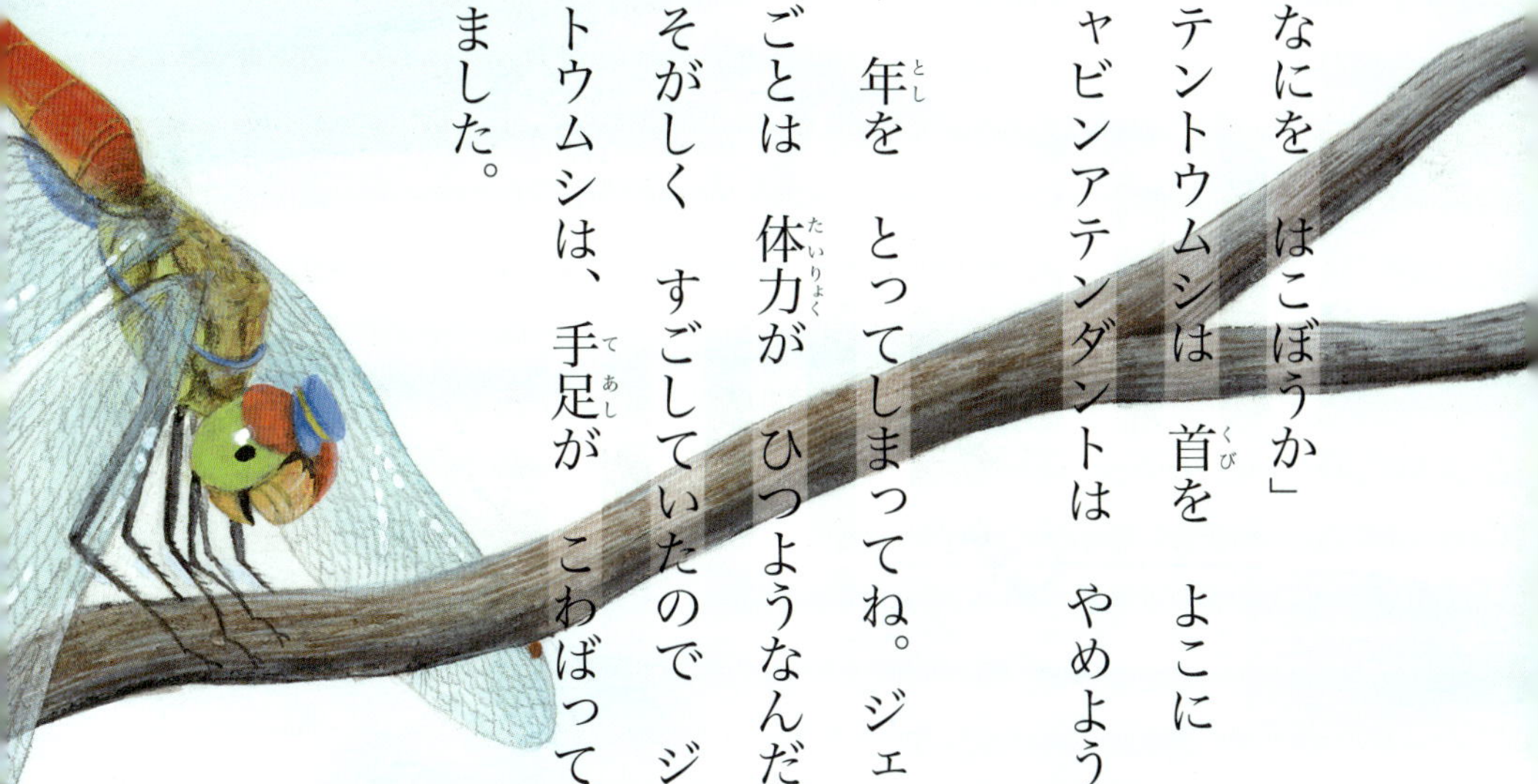

「そうか……」

これから　どうしましょう。ジェットが　考えこむと、テントウムシは　顔を　あげました。

「ひとつ　たのみが　あるんだ」

「なんだい？」

「おれを　お客として　のせてくれないかな」

「いいよ。どこまで　行きたいの？」

「遠くまで　たびを　したいな。そうだ、きみの　ふるさとまで　行ってみたい」

「ぼくの　ふるさと……」

ジェットは、お兄さんたちと　さよならしてから、ふるさとのことは

考えないように　していました。
頭の　なかに　うかんできます。広い　田んぼ、大きな　池。
そして　ジェット機――。
「よし！　行こう」
「ほんとに？」
「しっかり、ぼくに　つかまれるかい？」
テントウムシは　ジェットに　よじのぼりました。
いつも　のる　せなかでは　なくて、ジェットの顔の　うしろに　ある　くぼみに　すわります。ここなら　ゆれても　おちないし、風を　よけることが　できるんです。

ジェットは　いっきに　高く　まいあがりました。
「どっちの　方向か　わかるの？」
テントウムシが　きいてきます。
「うん、わかるよ」
けしきに　見おぼえが　あります。それに、体が　わかっているようなのです。ジェットは　まよいなく　すすみました。
あまり　高く　とびすぎないように　気をつけました。トンビに　ねらわれると　にげる　場所が　ないからです。
「ふつうの　テントウムシなら　一生　見られない　けしきを、おれは見てるんだねえ」
うっとりと　テントウムシが　あたりを　見まわしています。

少しずつ　風が　つよくなってきて、まっすぐ　前を　とびづらいので、ジェットは　林で　休むことに　しました。ジョロウグモの　大きな　すが　見えます。ひっかからないように気をつけながら、小川の　そばの　せの　ひくい　木の　えだに　とまりました。

つぎの　日の　朝、テントウムシが　また　ジェットの　頭の　うしろに　すわったときでした。

だれかに　見られている。ジェットは　そう　かんじました。つよい　しせんが、ずっと　ジェットをねらっているように　思えたのです。

いきおいよく　とびだすのは　やめて、ふわっと

うきあがりました。

そのときです。

シャッと　目の　前を　おおうように　茶色の　まくが　見えました。鳥の　つばさだ！　ジェットは　とっさに　体を　思いきり　かたむけて、ななめに　とびました。

鳥は　ねらった　えものを　のがして、そのまま　木のあいだを　ぬけ、空に　むかって　とんでいきました。

「モズだったよ！」

ジェットは　とんでいった　鳥を　見て、テントウムシに　いいました。

モズは　虫たちに　とくに　おそれられている　鳥でした。つかまえた　虫を　えだなどに　さしておく　しゅうせいが　あるためです。あとで　食べるためなのでしょうが、虫たちからみると、えものを　じまんげに　かざっているようにしか　思えないのです。

「用心して　よかった。いっきに　とびだしてたら、パクッと　やられたかも　しれないな」

あれ？　へんじが　ありません。

「テントウムシくん？」

ジェットは　気づきました。目の　はしっこに　うつっていた　テントウムシが　いつのまにか　いません！

モズから　にげるため、体を　ななめに　しました。そのとき　草む

らに　おちてしまったのです。
どうしよう……。
手足が　こわばっているから、テントウムシは
とびたつことが　できないに　ちがいありません。

「おーい、テントウムシくん！」

ジェットは　とびまわりました。草の　葉っぱに　とまっては、下のじめんを　のぞきこみます。

あ、いた！　赤い　虫を　見つけて　近づいたら、オオキンカメムシでした。

「ねえ、テントウムシ、見なかった？」

「うわ、トンボ。こわい　こわい」

あいては　へんじも　せずに　にげていってしまいました。

あそこに　赤いのが　いる！　木の　えだを　目ざして　とんでいくと、それは　虫ではなく、赤い　実でした。

「おーい、どこだい。ジェットは　ここに　いるよ！」

ジェットは　よびかけました。声は　聞こえません。ジェットは　ためいきを　つきました。すると、

「あら、あなたが　うわさの　トンボジェットさん？　わたしは　ツルウメモドキ」

と、赤い　実を　つけた　ツルが、話しかけてきました。

「なぜ　ぼくを　知ってるの？」

「遠くから　風で　とばされてきた　葉っぱが、すごい　トンボの　話を　教えてくれたわ。草花を　たくさん　たすけてくれたそうね。今度は　わたしたちが　たすける　番よ」

そう　いって、ツルウメモドキは　まわりの　草花に　よびかけました。

「テントウムシを　見つけたら　教えて！」

あたりの　草花が　ざわめきます。すると、

「ここ。わたしの　葉っぱの　下で　ねているよ」

へんじを　してくれたのは　ヤブガラシという　ツルの　草でした。

ジェットが　すぐに　とびたって、ヤブガラシに　とまると……いました！　やっと　見つかったのです。

「よかった！　テントウムシくん、ここに　いたんだね」

テントウムシは、ツルを　つたって　はいあがってきました。

「ああ、ジェット。せなかから　じめんに　おちて、しばらく　きぜつしていたみたいなんだ」

「ごめん、ぼくの　せいで」

「いや、鳥から　にげきるなんて、さすが　ジェットだよ。たすかった」

テントウムシは　ふたたび　ジェットに　のりました。

「ありがとう！　ヤブガラシさん、ツルウメモドキさん、みなさん！」

ジェットは　モズに　気を　つけながら、まいあがりました。

みんなも　答えてくれました。

「元気でねーっ」

日が　くれるころ、ようやく　見えてきました。田んぼ、池、そして、空港。

「ただいま」

ジェットは　つぶやきました。

ゴォオオ、という　音が　聞こえてきます。ちょうど　トンボジェットの　前の　ほうに、ジェット機が　おりてくる　ところでした。

「わぁぁ」

テントウムシが　声を　あげます。

「あれが　ほんものの　ジェット機だよ」

「でっかい……。そうぞうしてた　やつよりも　何倍も

でっかいや」
ジェット機が　地上に　ちゃくりくしたのを
見とどけて、ジェットは　草むらに
おりたちました。

「ここが　ぼくの　ふるさとだよ」

テントウムシは　ごそごそと　ジェットの　体から　じめんに　おりました。

「山より　あったかいね。体が　らくだ」

「これから　ぼくは　田んぼへ　行って、きょうだいを　さがすけど、いっしょに　行かない？」

ジェットが　さそうと　テントウムシは　答えました。

「ぜひ、と　思ったけど……おれにも　なかまが　いたみたいだ」

「え？」

見ると、べつの　テントウムシが　とことこ　歩いてくるでは　ありませんか。せなかが　つやつやしていて、まだ　わかそうです。

「あなた、見かけない　顔ですね。どこから　来たんですか？」

「おれはね、遠くの　山から　来たんだよ。トンボの　ジェットに　のせてもらって」

「遠くから！　ト、トンボに　のって！」

わかものは　おどろいて　しょっかくを　ぐるぐる回しました。

「よかったら、うちの　なかまたちに　話を　聞かせてもらえませんか？　みんな、あっちの　草むらに　いるんです」

そう　さそわれて、テントウムシは　ジェットを　見つめました。

「せっかくだから　会いに　行ってみるよ」

「うん、じゃあね」

これで　おわかれなんだ、と　ジェットも　テントウムシも　かんじていました。

「今まで　ありがとう」

「さよなら、元気でね」

ふたりは　手を　ふりあいました。それから　テントウムシは、わかものと　話しながら　草むらの　おくへ　きえていきました。

ジェットは　とびたって、田んぼへ　行きました。たくさんの　アキアカネが　とびまわっています。

「まあ、ジェット！　ジェットじゃないの？」

大きな　声が　聞こえました。

「あ、お姉さん！」

「ちょっと、ちょっと、たいへんよーっ。ジェットが　ぶじに　帰ってきたわ！」

お姉さんが　よびかけると　アキアカネが　つぎつぎと　とんできました。

「おお、ジェット、ひさしぶりだな」

お兄さんです。前には　なかった　きずが　おなかに　あります。でも、とても　元気そうです。

「もう　だれか　いい　あいては　見つかったかい？」

お兄さんが　聞くので　ジェットは、

「さっき　帰ってきたばかりだよ」

と　答えました。

「わたしは　もう　タマゴを　うんだわよ。でも、まだまだ　うむつもり。ジェットも　だれか　あいてを　しょうかいしてあげましょうか」

お姉さんが　あたりを　見まわします。ジェットは　あわてて　いいました。

「うん、また　あとで」

「あとで、って　どこ　行くの？」

「ジェット機を　ゆっくり　見たくて」

お姉さんは、お兄さんと　顔を　見あわせて　わらいました。

「はいはい、そうだったわね。じゃあ、行ってらっしゃい」

　ジェットは　空港の　すぐ　そばの　草むらまで　とんでいきました。

さっき　見た　ジェット機は　もう　お客さんが　おりた　あとみたいで、しずかに　たたずんでいます。

ただいま……。

心の　なかで　よびかけていたときでした。

「ジェット機って　トンボに　にてるよね」

つぶやく　声が　聞こえて、ジェットは　あたりを　見まわしました。

すぐ　近くに　メスの　アキアカネが　いるではないですか。

「きみも　そう　思う？　ぼくも　前から　思ってたんだ」

ジェットが　いうと、メスは　ジェット機から　目を　はなさずにつづけます。

「わたしって　かわりものよね。けっこんあいてを　はやく　見つけな

さいって　いわれるけど、ここで　ジェット機を　見ている　ほうが　楽しいの」

　ジェットは　目を　見はりました。そんなことを　考える　トンボは　せかいで　自分だけだと　思っていたのに。

「ぼくね、トンボジェットとして　このあいだまで　山で　はたらいていたんだよ」

「あ！　あなたが⁉　山に　のこった　かわりものの　トンボが　いたって　聞いたわ。まあ、会えて　うれしい」

メスは　はじめて、ジェットの　顔を　まじまじと　見たのでした。

ジェットは、トンボジェットとして　どんな　しごとを　していたのか、教えてあげようと　口を　開きかけました。でも、なにか　ふるえている　ものが　目の　はしに　うつって、話すのを　やめました。

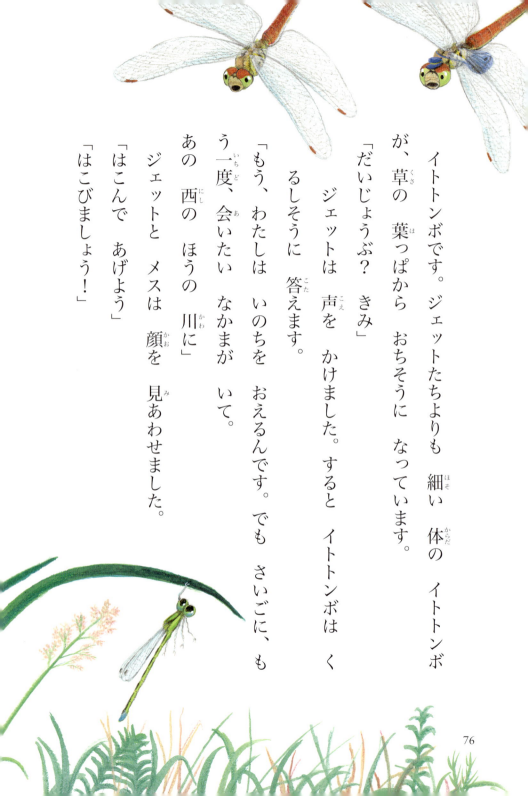

イトトンボです。ジェットたちよりも　細い　体の　イトトンボが、草の　葉っぱから　おちそうに　なっています。

「だいじょうぶ？　きみ」

　ジェットは　声を　かけました。すると　イトトンボは　くるしそうに　答えます。

「もう、わたしは　いのちを　おえるんです。でも　さいごに、もう一度、会いたい　なかまが　いて。あの　西の　ほうの　川に」

　ジェットと　メスは　顔を　見あわせました。

「はこんで　あげよう」

「はこびましょう！」

メスが　イトトンボの　よこまで　行きました。

「わたしが　のせていくわ」

「わかった、じゃあ、ぼくが　うまく　のせるよ」

ジェットは　イトトンボを　たすけながら、
メスの　せなかに　のせました。

「おもいでしょう……もうしわけないわ」

イトトンボは、よわよわしい　声で　いいます。

「だいじょうぶよ」

メスは、ふわっと　うきあがりました。

ジェットも　すぐ　そばを　とんで、イトトンボが
おちないように　見まもっています。

たいようが、 もうすぐ
しずみそうです。 空は、
赤と オレンジと 金色に
そまっています。
ふたりは イトトンボを
のせて、西の 川へと
とんでいったのでした。

作・吉野万理子 よしの まりこ

神奈川県出身。作家、脚本家。2005年『秋の大三角』（新潮社）で第1回新潮エンターテインメント新人賞、『劇団6年2組』（Gakken）で第29回、『ひみつの校庭』（Gakken）で第32回うつのみやこども賞、脚本ではラジオドラマ『73年前の紙風船』で第73回文化庁芸術祭優秀賞を受賞。その他の作品に、「チームふたり」シリーズ（Gakken）、『いい人ランキング』（あすなろ書房）、『階段ランナー』（徳間書店）、『5年1組ひみつだよ』（静山社）、『シミちゃん』『2番めにすき』『ネコはとってもいそがしい』（以上 くもん出版）など多数。昆虫観察が趣味で、好きな昆虫はジャコウアゲハ、セモンジンガサハムシ。会ってみたい昆虫はアケビコノハの幼虫。

絵・村上幸織 むらかみ さおり

北海道生まれ。イラストレーター。第2回月刊MOE絵本イラスト大賞佳作受賞。イラストレーション第160回「ザ・チョイス」山口晃・選。第16回岡本太郎現代芸術賞入選。絵本に『あめかっぱ』（偕成社）、『ごめんねゆきのバス』（文溪堂）がある。児童書の挿絵を手がけるのは、本書が初となる。

監修・二橋亮 ふたはし りょう

富山県生まれ。産業技術総合研究所 上級主任研究員。2009年より産業技術総合研究所の常勤職員として、トンボなどの昆虫を材料に研究を行っている。

ゆうやけトンボジェット

2024年 11月26日 初版第1刷発行

作／吉野万理子
絵／村上幸織
監修／二橋亮

装丁・本文デザイン／城所潤＋舘林三恵（ジュン・キドコロ・デザイン）

発行人／泉田義則
発行所／株式会社くもん出版
〒141-8488 東京都品川区東五反田2-10-2 東五反田スクエア11F
電話 03-6836-0301（代表）／03-6836-0317（編集）／03-6836-0305（営業）
ホームページアドレス https://www.kumonshuppan.com/

印刷／株式会社精興社

NDC913・くもん出版・80p・22cm・2024年・ISBN978-4-7743-3777-7 CD34866